VENTE A ORLÉANS

Les Lundi 16 et Mardi 17 Janvier 1905

GRANDE SALLE SAINT-AIGNAN

et Rue des Anglaises, 3

A 2 HEURES

Importantes

SCULPTURES DU XVIIIe SIÈCLE

APPARTENANT

à Mme la Comtesse de la Ville Baugé

TABLEAUX ANCIENS

OBJETS D'ART ET D'AMEUBLEMENT

Miniatures

BELLES TAPISSERIES

de Beauvais et d'Aubusson

des XVIe, XVIIe et XVIIIe siècles

MM. LES COMMISAIRES-PRISEURS	M. ARTHUR BLOCHE
11, Place du Vieux Marché A ORLÉANS	Expert près la Cour d'Appel 51, rue Saint-Georges, 51 A PARIS

EXPOSITIONS

PARTICULIÈRE	PUBLIQUE
Le Samedi 14 Janvier 1905	Le Dimanche 15 Janvier 1905

PARIS

IMPRIMERIE C. CHAUFOUR

8-10, RUE MILTON

CATALOGUE

DES

IMPORTANTES SCULPTURES

Terres Cuites du XVIIIe siècle

Statues de Jeanne d'Arc, Vestales, Enfants

APPARTENANT

à Mme la Comtesse de la Ville Baugé

et dont la vente aura lieu

Le Mardi 17 Janvier 1905, à 2 heures

En son Hôtel, 3, rue des Anglaises, à Orléans

OBJETS D'ART — TABLEAUX ANCIENS

MINIATURES

MEUBLES ANCIENS ET DE STYLES

XVIe, XVIIe et XVIIIe Siècles

BELLES TAPISSERIES DE BEAUVAIS ET D'AUBUSSON

des époques Rennaissance et Louis XV

APPARTENANT A MM. L... & A...

dont la vente aura lieu

Le Lundi 16 à 2 heures et le Mardi 17 Janvier à 3 heures

GRANDE SALLE SAINT-AIGNAN

Par le Ministère de

MM. LES COMMISSAIRES-PRISEURS D'ORLÉANS

11, Place du Vieux Marché

Assistés de

M. Arthur BLOCHE, Expert près la Cour d'Appel

51, rue Saint-Georges, à Paris

EXPOSITIONS

PARTICULIÈRE	PUBLIQUE
Le Samedi 14 Janvier 1905	Le Dimanche 15 Janvier 1905
DE 2 H. A 5 H. 1|2	DE 10 H. DU MAT. A 5 H. 1|2 DU SOIR

ORDRE DES VACATIONS

Lundi 16 janvier 1905, à 2 heures

Grande Salle Saint-Aignan

Miniatures, Tableaux, Porcelaines, Faïences, Meubles.

Mardi 17 janvier, à 2 heures

en l'Hôtel de Mme la Comtesse de la Ville Baugé
3, rue des Anglaises

Sculptures, Terres cuites du XVIIIe siècle.

A 3 heures, Grande Salle Saint-Aignan

Suite des peintures, Bronzes, Marbres, Objets d'art,
Meubles, Tapisseries, Tapis, Etoffe brodée.

CONDITIONS DE LA VENTE

Les expositions mettant le public à même de se rendre compte de l'état et de la nature des objets, aucune réclamation ne sera admise, une fois l'adjudication prononcée.

Il sera perçu dix pour cent en sus du prix d'adjudition.

NOTA. — A partir du 15 janvier, M. Bloche recevra à Orléans, hôtel Saint-Aignan, toutes les communications et commissions.

DÉSIGNATION

SCULPTURES

1 — Très belle statue de Jeanne d'Arc, grandeur plus que nature en terre cuite. Elle est représentée debout dans l'attitude du commandement et semblant vouloir haranguer les soldats; coiffée d'un chapeau à panache, en costume de guerre. OEuvre remarquable, par son caractàre, sa facture et sa conservation, XVIII⋅ siècle.

2 — Statue de Vestale debout, grandeur demi nature, en terre cuite. OEuvre intéressante du XVIII⋅ siècle.

3-4 — Quatre belles statuettes grandeur nature, en terre cuite du XVIII⋅ siècle, représentant des enfants dansant ou jouant de la cornemuse.

SCULPTURES, OBJETS D'ART

appartenant à MM. L··· et A···

5 — Groupe en terre cuite : le Baiser de HOUDON.

6 — Groupe en terre cuite, fantaisie.

7 — Buste de femme en biscuit.

8 — Groupe en terre cuite, signé CLODION : Faune et Bacchante.

9 — Statuette en marbre : Femme debout, la main gauche retenant une draperie. Epoque Louis XIV.

10 — Petit buste en marbre représentant Minerve la tête tournée vers la gauche, XVIIIᵉ siècle.

11 — Médaillon en marbre blanc offrant en bas-relief un buste de chasseresse, XVIIIᵉ siècle.

12 — Beau groupe en biscuit : la Fontaine des amours.

13 — Statuette en biscuit : la Source de A. Carrier-Belleuse.

14 — Buste en marbre : Madone, signé Rafaello.

15 — Deux statuettes : les Amours à l'arc, marbre blanc et tendre, d'après Falconnet.

16 — Groupe en biscuit : Offrandes à l'Amour.

17 — Beau groupe en terre cuite : la Confidence, de A. Carrier-Belleuse.

18 — Beau cartel de style Louis XVI, en bronze doré et ciselé, avec guirlandes et rubans.

19 — Grande vasque japonaise en bronze à décor de dragons et chimères en relief.

20 — Paire de candélabres à figures de femmes drapées en bronze, patine foncée, tenant des bouquets à trois lumières en bronze doré, posant sur socles en marbre blanc. Style Louis XVI.

21 — Paire de vases en porcelaine de Tournai offrant des médaillons à personnages et paysages réservés sur fond bleu turquoise, signés J.Gauthier,rehaussés de dorure,monture en bronze ciselé et doré, style Louis XVI.

22 — Paire de cassolettes formant flambeaux, modèle urnes sur trépieds à cols de cygnes en bronze doré, socles en marbre. Ier Empire.

23 — Paire de girandoles à deux lumières en bronze ciselé et doré à cannelures feuillagées. Style Louis XVI.

24 — Lustre en fer forgé, à fleurs sur tiges contournées,de style XVIe siècle, pour l'électricité.

25 — Deux appliques en fer forgé de même style, pour l'électricité.

26 à 30 — Cinq armures persanes en fer gravé et damasquiné composées chacune d'un bouclier, d'un brassard et d'un casque.

31 — Girandole à six lumières en bronze ciselé et argenté. Style Louis XV.

32 — Deux petits vases en métal japonais avec fleurs en relief.

33 — Belle pendule d'applique avec son socle en marqueterie de Boule ornée de bronzes dorés, surmontée d'une statuette de Renommée ailée. Epoque Louis XIV.

34 — Deux bustes en bronze doré : Louis XVI et Marie-Antoinette, d'après Houdon, sur socles en marbre vert de mer.

35 — Jardinière en émail cloisonné du Japon décor à fleurs et ornements en polychrome, monture en bronze.

36 — Deux brûle-parfums en bronze doré représentant les trois Grâces, supportant un vase enguirlandé. Style Louis XVI.

37-38 — Deux statuettes en bronze à patine foncée : les Enfants, de Pigalle, socles en marbre rouge.

39 — Deux landiers avec traverse, pelle et pincettes en fer forgé, style XVIᵉ siècle.

40 — Paire de grandes appliques en bronze doré
et bleui, vases enguirlandés avec rinceaux,
modèle de Fontainebleau, style Louis XVI.

41 — Deux girandoles en bronze patine verte.
Ier Empire.

42 — Paire de vases forme Médicis, en cristal
taillé, monture en bronze ciselé et doré. Style
Ier Empire.

43 — Paire de cornets en porcelaine de Chine,
décor à réserves de paysages et d'objets d'a-
meublement sur fond bleu.

44 — Paire de vases en biscuit ajouré ornés de
mascarons en bronze doré, couvercles sur-
montés de couronnes posant sur des coussins,
style Louis XVI.

45 — Paire de vases en porcelaine de Tournai,
offrant des scènes de la vie de Napoléon Ier réservés sur fond vert rehaussé d'or, monture
en bronze doré.

46-48 — Deux plats à barbe, une gourde, un bé-
nitier et un bol en ancienne faïence française,

49 — Plat en faïence de Rouen décor en bleu.

50 — Lampe en porcelaine du Japon, monture
en bronze, style Louis XV.

51 — Eventail sur papier. 1789. La Liberté,
patronne des Français. Colorié.

52 — Calendrier perpétuel républicain, 1796,
avec trophée de drapeaux, coloriés avec pail-
lons.

53 — Cinq belles défenses d'éléphant.

54 — Service à thé viennois dans un écrin.

55 — Chaîne de montre de dame en or.

56 — Coquetier argent dans un écrin.

57 — Services à hors-d'œuvre et à dessert en
argent et vermeil.

MEUBLES

58 — Bahut Renaissance en bois sculpté, le haut
ouvrant à deux portes offrant le Couronnement
de Minerve et une allégorie à l'Hymen avec
entre-deux à cariatides, le bas en retrait orné
de rosaces et de groupes de cariatides
d'hommes et de femmes.

59 — Grand coffre XVIᵉ siècle en bois sculpté
offrant sur le devant un combat de chevaliers.

60 — Grande crédence à rétable en bois sculpté,
la partie supérieure à étagère offre des panneaux à bustes de guerriers et de cariatides
d'hommes et de femmes; au milieu il ouvre à
deux vantaux offrant des médaillons à têtes
d'hommes et de femmes, supporté par
deux statuettes d'homme et de femme.
XVIIᵉ siècle.

61 — Meuble d'entre-deux Renaissance en bois
sculpté et marqueterie de bois, offrant
sur le vantail un combat de guerriers, tiroir à
trophée de drapeaux.

62 — Encoignure ouvrant à deux portes en marqueterie de bois à fleurs orné de bronzes
dorés. Style Louis XVI.

63 — Grande commode de forme ventrue en
bois de rose et marqueterie à fleurs avec enca-
drements et écoinçons en bronze doré, dessus
en marbre rouge. Style Louis XV.

64 — Console rectangulaire en bois sculpté et
doré à rocailles feuillagées et fleuries, pieds à
volutes, dessus épais en marbre blanc. Style
Régence.

65 — Bois de canapé et d'un fauteuil sculpté à
contours feuillagés. Epoque Louis XIV.

66 — Deux bois de fauteuils, dessin à contours
fleuris. Epoque Louis XV.

67 — Deux fauteuils en bois sculpté peint noir,
couverts en tapisserie au point à fleurs. Epoque Louis XV.

68 — Deux fauteuils en bois sculpté à coquilles
et feuillages, époque Louis XIV, couverts en
étoffe genre tapisserie.

69 — Meuble d'entre-deux en marqueterie de
bois orné de bronzes, ouvrant à une porte et
un tiroir sur le devant et à étagères et une
porte sur les cotés. Style Louis XVI.

70 — Deux colonnes en marbre rouge, monture
en bronze.

71 — Deux colonnes en marbre vert de mer à
plinthes tournantes avec chapiteaux et bases
en bronze ciselé et doré. Style Louis XVI.

72 — Petite table ovale en acajou et galerie de
cuivre. Style Louis XVI.

73 — Table poudreuse en marqueterie de bois à
fleurs. Style XVIII° siècle.

74 — Bureau plat en bois de rose et palissandre
orné de bronzes ciselés et dorés, dessus en
cuir vert. Style Louis XV.

75 — Petit secrétaire d'enfant en marqueterie de
bois. Époque Louis XVI.

76 — Paravent-diptyque en bois laqué et orné
d'applications de nacre et d'ivoire représen-

tant des personnages au milieu de paysage.
Travail du Japon.

77 — Etagère en bois noir sculpté de Chine.

78 — Petit bureau de dame ouvrant à coulisses
en bois de rose et palissandre orné de bronzes.
Style Louis **XVI**.

79 — Petite table à ouvrage en bois sculpté
laqué blanc, dessus et tablette d'entrejambes
garnis d'étoffe. Style Louis **XVI**.

80 — Guéridon en bois sculpté et doré. Style
Louis **XVI**.

81 — Bergère en noyer sculpté à contours et
fleurs, couverte et gainée de soierie brochée à
fleurs et draperie sur fond crème. Style
Louis **XV**.

82 — Bergère en bois sculpté et doré à volutes
et coquilles couverte et gainée de soierie
armurée verte, dessin à fleurs et festons.

82 *bis* — Deux banquettes en bois sculpté couvertes en soierie brochée à fleurs.

83 — Deux chaises en bois sculpté et laqué couvertes en soierie rayée rose. Style Louis XVI.

84 — Banquette en noyer sculpté et ciré avec dossier. Style Louis XVI.

85 — Banquette en noyer sculpté et ciré, siège et côtés foncés de canne. Style Louis XVI.

86 — Secrétaire en bois de rose garni de bronzes Epoque Louis XVI.

87 — Commode Louis XV garnie de bronzes ouvrant à trois tiroirs.

88 — Très belle jardinière de l'époque du Premier Empire en acajou ornée de bronze finement ciselé. Cette jardinière repose sur pieds ornés de cariatides et chutes en bronze.

89 — Joli bureau de dame en noyer très finement sculpté, le pupitre et les panneaux représentent des groupes d'Enfants tenant des fleurs et dansant, le dessus est agrémenté de deux coupes soutenues par des dauphins.

90 — Important buffet de salle à manger à deux corps formant crédence en noyer finement

sculpté ouvrant à trois portes, avec niche au centre, les portes sont ornées de statuettes et les côtés du buffet de cariatides.

91 — Belle console Louis XIV en bois doré, dessus marbre rouge veiné blanc.

92 — Ameublement de chambre à coucher en palissandre ciré avec lits jumeaux à fronton sculpté.

93 — Belle bibliothèque en chêne sculpté à demi colonnes, les panneaux des portes offrent des attributs allégoriques aux Arts et aux Sciences.

94 — Beau lit à colonnes en noyer sculpté avec dôme intérieur, garniture en soie et velours broché.

95 — Piano à queue de la maison ERARD.

96 — Bureau de dame en marqueterie et bois de rose avec étagère à tiroirs.

97 — Quatre fauteuils recouverts en peluche.

98 — Cabinet japonais avec incrustation de nacre représentant des personnages et paysages.

99 — Canapé et sièges d'antichambre modern-style recouverts de velours, dessin à fleurs.

100 — Deux grands fauteuils à hauts dossiers recouverts en cuir repoussé, clouté de cuivre doré, les bras se terminent par des têtes de béliers en noyer sculpté.

101 — Jolie baignoire en cuivre émaillé, intérieur métal argenté.

102 — Vitraux avec personnages.

103 — Salon Louis XV en bois laqué recouvert de cretonne.

104 — Chaises de salle à manger en noyer recouvertes en cuir.

TABLEAUX, DESSINS

GRAVURES, AQUARELLES, PASTELS

105 — BIDA. Adam et Ève. Dessin.

106 — BOILLY (D'après). La comparaison des petits pieds. Prélude de Nina, deux pièces gravées en manière noire par CHAPRONNIER.

107 — BOUCHER (Ecole de). Le pont rustique. Paysage animé de figures.

108 — BOUCHER (Ecole de). Diane au bain.

109 — BRONZINO (Ecole de). Portrait de jeune homme en costume noir et col blanc.

110 — CHABAL-DUSSURGEY. Souvenir de Cannes.

111 — CHARDIN (Ecole de). Nature morte.

112 — COLLE. Paysage. Aquarelle.

113 — DAVID (Attribué à). Tatius et Romulus.

114 — DELIÈRE. L'âne et les voleurs. Aquarelle, signée.

115 — DESLANDES. Grande marine, avec vue de port en perspective. Signé.

116 — DIAZ (Ecole de). Nymphe et enfant endormis, surpris par un satyre.

117 — ECOLE FLAMANDE. Crépuscule.

118 — ECOLE DU XVIIIᵉ SIÈCLE. Portrait de femme en costume marron, coiffure à la Marie-Antoinette.

119 — ECOLE DU XVIIIᵉ SIÈCLE. Portrait de jeune fille en robe bleue avec tablier blanc bouillonné, coiffée d'un chapeau de paille, tenant une quenouille. Joli tableau

120 — ECOLE DU XVIIIᵉ SIÈCLE. Portrait de gentilhomme, représenté presque de face, en habit de velours violet avec gilet de brocart blanc brodé d'or. Grand tableau.

121 — ÉCOLE du XVIIIᵉ SIÈCLE. Portrait de grande dame, représentée en Cérès, tenant d'une main une corne d'abondance remplie de fruits et de l'autre une gerbe de blé, assise dans un paysage au pied d'un arbre, en robe blanche à corsage décolleté avec manteau bleu, nonchalamment jeté sur les épaules. Très beau tableau.

122 — ÉCOLE FRANÇAISE. Portraits d'Henri IV et de Marie de Médicis. Deux grisailles, cadres en bois finement sculptés.

123 — ÉCOLE FRANÇAISE. Portrait de femme en robe rouge tenant un éventail de la main droite.

124 — ÉCOLE FRANÇAISE, XVIIIe SIÈCLE. Motifs de décoration. Deux dessins à la sépia se faisant pendants.

125 — ÉCOLE FRANÇAISE. Portrait de femme en manteau bleu bordé d'hermine. Pastel.

126 — ÉCOLE FRANÇAISE. Portrait de jeune femme 1er Empire.

127 — ÉCOLE ITALIENNE. César Borgia dans la campagne de Rome.

128 — FORET. Nature morte, homard et bourriche d'huîtres près d'une cruche de cuivre.

129 — FRAGONARD (Attribué à). Les jets d'eau.

130 — FRANCK. Scène biblique. Peinture sur cuivre.

131 — W. de GUMPETH. Les Marais. Signé.

132 — HEBERT (Georges). La Favorite du Sultan.

133 — JACQUE? Moutons et poules.

134 — JEAURAT. Portrait de femme en robe brune à chemisette bouillonnée, regardant presque de face, longs cheveux tombant sur les épaules.

135 — LORRAIN (Ecole de Claude). Vue d'un port animé de nombreux bâtiments et d'une multitude de personnages.

136 — MALLET. — Le Lever.

137 — MIÉRIS (Attribué à). Le Galantin et la Ménagère.

138 — LE PARROCEL. Scène de bataille. Composition de nombreux personnages.

139 — RAVEL. Paysage.

140 — REMBRANDT (d'après). Portrait du peintre.

141 — RIBERA (Attribué à). Caton se déchirant les entrailles.

142. — ROBERT (Paul). La Jeune avocate. Femme travestie.

143 — ROSE DE TIVOLI. Troupeau dans un ravin.

144 — LA ROSALBA (Ecole de). Portrait de jeune femme jouant avec un singe. Joli pastel.

145 — TOCQUÉ (Attribué à). Dame de qualité assise dans un parc ayant près d'elle son fils et sa fille. Tableau intéressant.

146 — TROMBLET (W. de). Visite de l'Amour.

147 — VAN DAEL (D'après Van Huysum). Vase de fleurs sur une console de marbre. Aquarelle.

148 — VAN DYCK (Attribué à). Grande dame en riche costume, parée de dentelles et de perles tenant devant elle ses deux enfants en robes de brocart rouge broché d'or, avec cols en Malines. Très beau tableau.

149 — Eau forte gravée par PARISET.

150 — Curieux portrait en pied de Bonaparte en costume de premier Consul dans l'attitude du commandement. Dessin à la plume et en couleur.

151 — Gravure en polychrome. Les Exilés.

MINIATURES

152 — Jolie miniature ovale représentant une jeune fille en costume blanc assise dans un jardin, tenant une corbeille sur ses genoux, signée : Nether. Epoque Ier Empire.

153 — Miniature ronde : Portrait de jeune femme assise dans un fauteuil, en costume blanc et fichu noué sur la poitrine avec bouquet de roses. Epoque Louis XVI.

154 — Miniature ronde : Portrait de la comtesse de Polignac représentée de trois quarts, robe à corsage bleu et fichu de mousseline. XVIIIe siècle.

155 — Jolie miniature ovale : Portrait de dame
de la cour représentée en Napolitaine, attri-
buée à Aubry.

156 — Miniature ronde : Portrait de femme en
robe bleue, les cheveux poudrés, tenant son
enfant sur les genoux. xviiiᵉ siècle.

157 — Miniature ovale à la manière de Greuze :
Portrait de jeune fille drapée de blanc, les cheveux bouclés avec rubans bleus, le bras gauche
appuyé sur un coussin.

158 — Miniature ronde : Jeune fille tenant un
écureuil, coiffée d'un chapeau de paille garni
de fleurs. xviiiᵉ siècle.

159 — Miniature : Portrait de jeune femme à
cheveux blonds, le corsage entr'ouvert.

160 — Miniature ronde : Portrait de femme en
robe blanche et manteau rouge, la tête recou-
verte d'un voile blanc. Epoque Iᵉʳ Empire.

161 — Petite peinture ovale sur cuivre : Portrait
de femme en robe noire, les cheveux bouclés
et nœuds de velours noir. Epoque Louis XIV.

162 — Petite gouache ronde, d'après Huet représentant un paysage avec ruines et cours d'eau
animé de personnages. Epoque xviiie siècle.

163 — Miniature ovale de l'école anglaise jeune
fille accoudée sur l'encolure d'un cheval; cadre
en cuivre doré.

164 — Miniature : Portrait de femme en corsage
décolleté et manteau bleu assise dans son
cabinet de travail et tenant un livre de la main
droite. xviiie siècle.

165 — Miniature ronde. Portrait de femme en
robe blanche avec collier d'or au cou. Ier Empire.

166 — Miniature ronde : Portrait de jeune fille
les cheveux poudrés, le corsage décolleté en
soie lilas et manche en mousseline blanche.
xviiie siècle.

167 — Petite miniature ovale : Portrait de jeune
fille à bonnet blanc et corsage bleu avec fichu
de mousseline cadre en bronze. Louis XVI.

168 — Petite miniature ovale : Vénus et l'Amour,
cadre en bronze Louis XVI.

169 — Miniature ovale : Les coquelicots, signée
A Rolles.

170 — Miniature ovale : Portrait de jeune fille de
l'école anglaise coiffée d'un grand bonnet à
nœuds de ruban bleu.

171 — Miniature ronde : Portrait de dame de la
Cour, en corsage brodé de fourrures avec
décoration, les cheveux et le cou orné de
perles. Cadre en bronze XVIIIe siècle.

172 — Miniature ovale : Portrait d'un conven-
tionnel monté en broche.

173 — Petite bonbonnière en caillou d'Egypte,
monture en cuivre XVIIIe siècle.

174 — Deux miniatures ovales : Portrait d'homme
du XVIIe siècle et portrait de femme du
XVIIIe siècle.

TAPISSERIES

TENTURES — TAPIS

175 à 178 — Suite de quatre très belles tapisseries anciennes de Beauvais, représentant des paysages avec vues de parcs, pièces d'eau, monuments, animés de volatiles et de chiens. Bordures à fleurs, carquois et vases ornementés. XVIIIe siècle.

179 — Lot de fragments en ancienne tapisserie de Beauvais, faisant partie de la série précédente et composant un panneau.

180 — Grand panneau en ancienne tapiserie, d'après OUDRY, représentant un chien attrapant un volatile dans un paysage traversé par un cours d'eau, et vue de pagode en perspective. Bordure à fleurs et feuilles d'acanthe.

181 — Grande tapisserie de la Renaissance représentant un paysage avec de nombreux animaux de toutes espèces, et des chasseurs poursuivant des cerfs ; dans le fond, en perspective des maisons et des coteaux boisés. Bordure à figures d'enfants et de personnages au milieu de corbeilles fleuries,

182 — Panneau en ancienne tapisserie d'Aubusson représentant un payage avec grands volatiles, et perspective de château. Bordure à chutes de fleurs enrubannées.

183 — Petit panneau en ancienne tapisserie représentant une armoirie au milieu de feuillages.

184 — Ancienne tapisserie d'Aubusson représentant un paysage avec canards. Bordure simulant un encadrement avec écoinçons.

185-186 — Deux panneaux en ancienne tapisserie au point, dessin à vases de fleurs au milieu de volutes en rouge sur fond crème.

187 — Panneau en ancienne tapisserie verdure animée de volatiles.

188 — Panneau décoratif en soie noire brodée à volatiles dans un paysage, travail du Japon.

189 — Grand et beau tapis de Smyrne.

190 — Tenture de chambre à coucher en étoffe laine et soie avec ciel de lit.

191 — Objets omis.